VIAGEM PELO MUNDO NUM GRÃO DE PÓLEN

E OUTROS POEMAS

OCEANO ATLÂNTICO

BRASIL

MOÇAMBIQUE

PEDRO PEREIRA LOPES

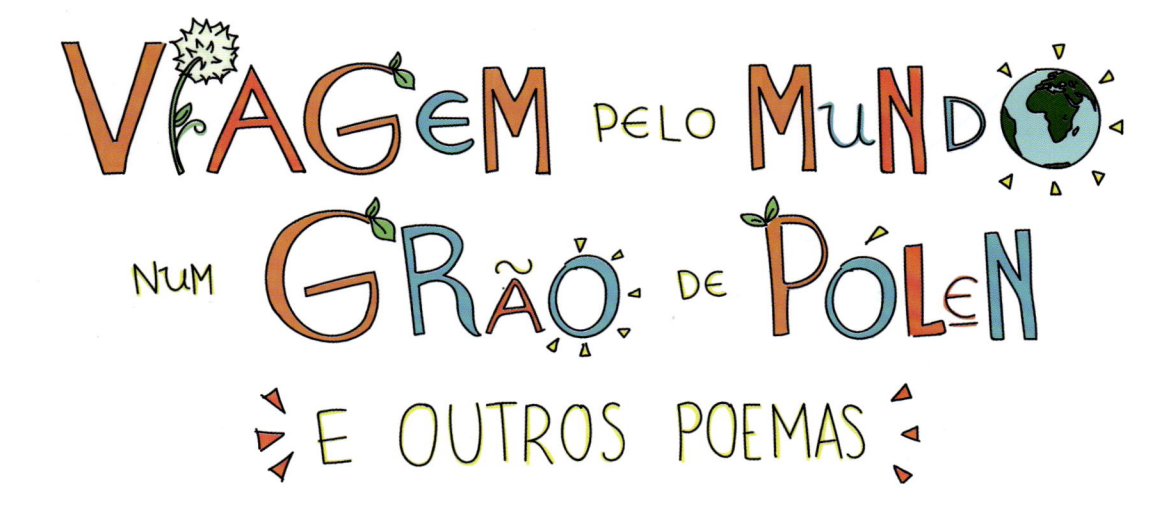

VIAGEM PELO MUNDO NUM GRÃO DE PÓLEN E OUTROS POEMAS

ILUSTRAÇÕES DE
FILIPA PONTES

kapulana

São Paulo
2015

Coordenação editorial:	Rosana Morais Weg
Projeto gráfico e lettering:	Amanda de Azevedo
Ilustração:	Filipa Pontes
Diagramação:	Daniela Taira
Finalização:	Carolina da Silva Menezes

Dados Internacionais de Catalogação na Publicação (CIP)
Câmara Brasileira do Livro, SP, Brasil

Lopes, Pedro Pereira
    Viagem pelo mundo num grão de pólen e outros
poemas / Pedro Pereira Lopes ; ilustrações de
Filipa Pontes. -- 1. ed. -- São Paulo : Editora
Kapulana, 2015. -- (Série vozes da África :
Mocambique)

    ISBN 978-85-68846-08-7

    1. Literatura moçambicana (Português)
2. Poesia – Literatura infantojuvenil
I. Pontes, Filipa. II. Título. III. Série..

15-09933   CDD-028.5

Índices para catálogo sistemático:
1. Poesia : Literatura infantil 028.5
2. Poesia : Literatura infantojuvenil 028.5

2015

Para AnaRita,

a quem devo o grão de pólen que me permitiu
viajar para conhecer a magia do mundo.

VIAGEM PELO MUNDO NUM GRÃO DE PÓLEN

SOU O LÁPIS DE COR QUE PINTA SORRISOS NAS NUVENS
SOU A ALEGRIA QUE AMARRA O MAR NUMA FOLHA DE PAPEL
SOU A FLOR ENCANTO QUE CRESCE RÁPIDO E TE É FIEL
SOU O SOL QUE TE ABRAÇA E IGNORA DE ONDE VENS!

QUERO IR A UM PARQUE DE DIVERSÕES
COMPRAR UM GRÃO DE PÓLEN LINDO,
UM LIVRO COM VÁRIAS CANÇÕES
E SAIR NUMA VIAGEM PELO MUNDO...

(NORTE! SUL! ESTE! OESTE!)

SOU UMA CRIANÇA COM SONHOS PARA REALIZAR
POIS QUANDO A ADULTA CHEGAR
TEREI APENAS COISAS BOAS PARA LEMBRAR...

O RELÓGIO DO LÚCIO

O RELÓGIO DO LÚCIO
TEM NÚMEROS QUE BRILHAM
E PONTEIROS QUE GIRAM
À VELOCIDADE DA LUZ.

É DE PLÁSTICO E PRETO,
É BEM LIGEIRO.
COMPARADO AO PRIMEIRO
ESTE É MENOS ESPERTO:

SÓ APONTA AS HORAS,
ESQUECEU–SE DOS DIAS,
DO CRONÔMETRO
E DO ALARME.

GANHOU–O NO ANIVERSÁRIO
E DO PULSO O NÃO TIRA
MAS NINGUÉM IMAGINA
QUE O RELÓGIO SÓ FAZ FIGURA.

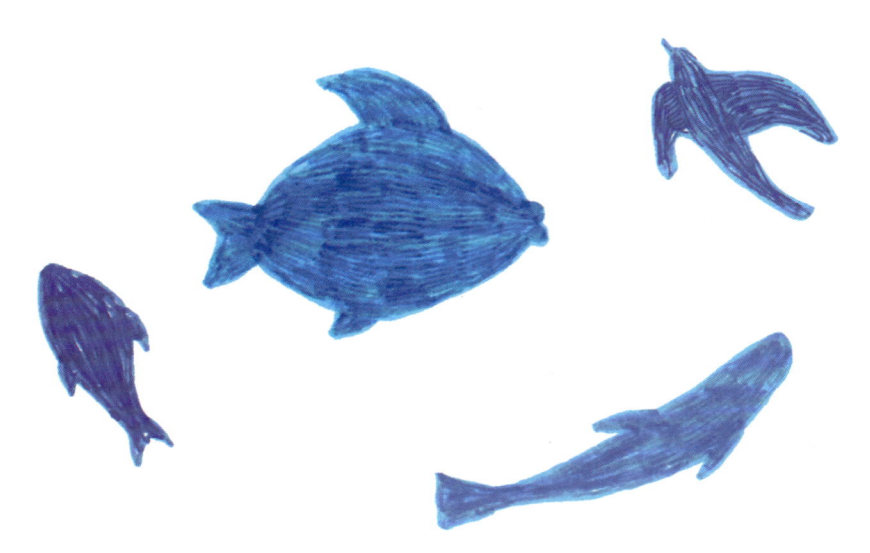

12

13

NUVENS FABULOSAS

AS NUVENS FAZEM ESCULTURAS
FIGURAS BELAS E PURAS
OU FEIAS E CURIOSAS
MAS SEMPRE ESPANTOSAS!

MOLDADAS COM IMAGINAÇÃO
AS NUVENS PÕEM–SE EM FILA
E OLHANDO–AS COM ATENÇÃO,
SEI COM O QUE É QUE SE PARECEM:

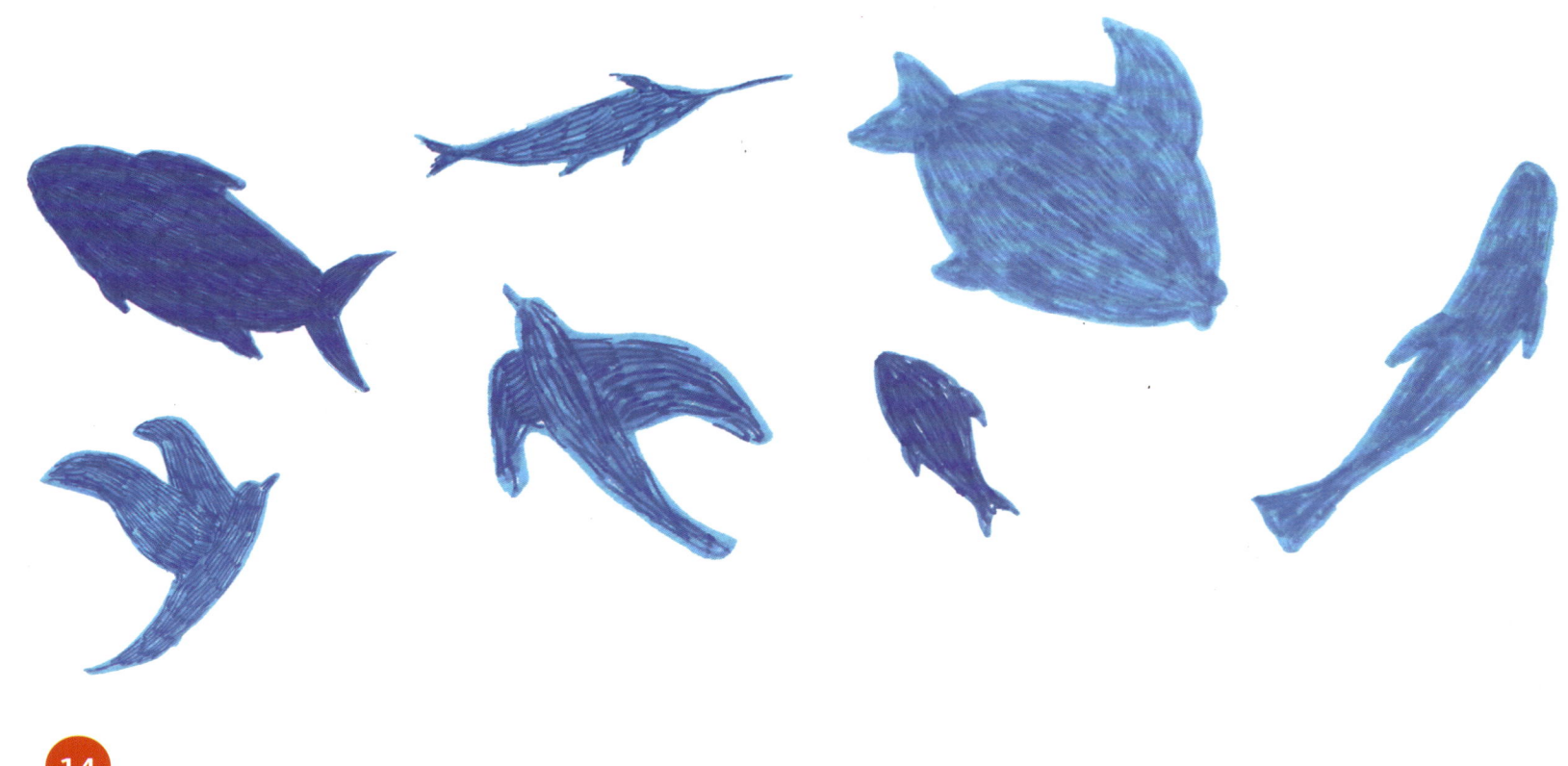

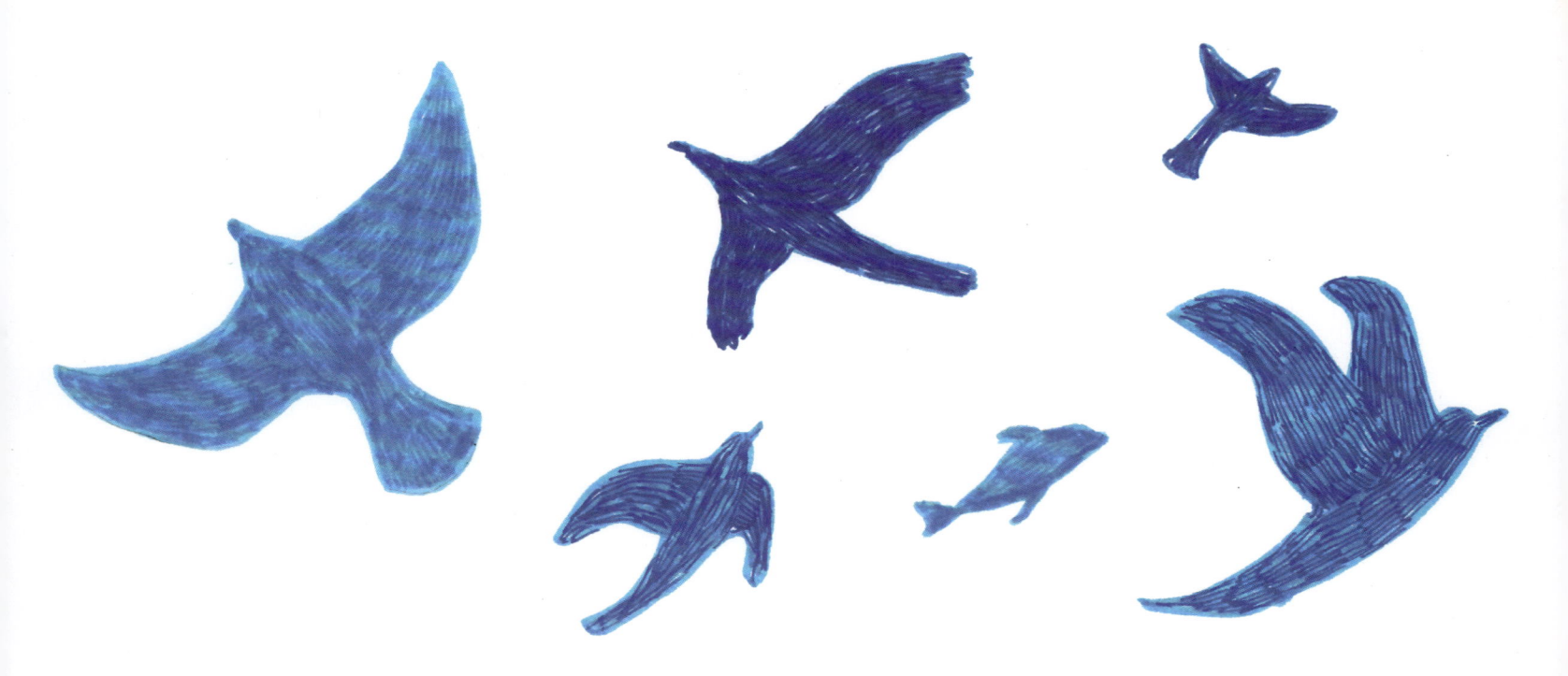

15

UMA ZEBRA QUE SE ESCONDE,
UM DRAGÃO E DOIS GATOS,
UMA ÁRVORE DE RAMOS ALTOS
E UM DANÇARINO MAKONDE!

UM COMBOIO QUE PARTE
UM PEDAÇO DE TARTE...
ATÉ FACES DE ANJOS,
NAS NUVENS FABULOSAS!

COLAR DE ESTRELAS

A CELESTE QUER UM COLAR
DE ESTRELAS, NÃO DE TODAS ELAS,
A CELESTE QUER UM COLAR
SÓ COM AS MAIS BRILHANTES.

AS CADENTES, ELA NÃO AS QUER,
PORQUE CAEM SEMPRE.
AS CONSTELAÇÕES, TAMBÉM NÃO
QUEM QUISER QUE AS COMPRE...

A CELESTE QUER UM COLAR
DE ESTRELAS. BELAS E AMARELAS,
PARA OFUSCAR TODO O ESPAÇO.

17

E CELESTE CHORAMINGA,
ASSOA–SE E RESPINGA:
QUERO UM COLAR CHEIO DE ARTE!

OH, CELESTE, NÃO SEJAS TONTA!
É NO CÉU QUE ELAS MORAM,
E LOGO QUE A NOITE DESPONTA,
É EM TI QUE ELAS SE DEMORAM!

FLORBELA E FLORINDA

FLORBELA E FLORINDA
SÃO IRMÃS.
FLORBELA E FLORINDA
SÃO GÊMEAS.
FLORBELA E FLORINDA
SÃO FILHAS DA DONA FLORA.
FLORBELA É BELA
E FLORINDA É LINDA.
FLORBELA E FLORINDA
GOSTAM DE FLORES.
A DONA FLORA?
ELA GOSTA DE FLORESTAS
E É FLORISTA!

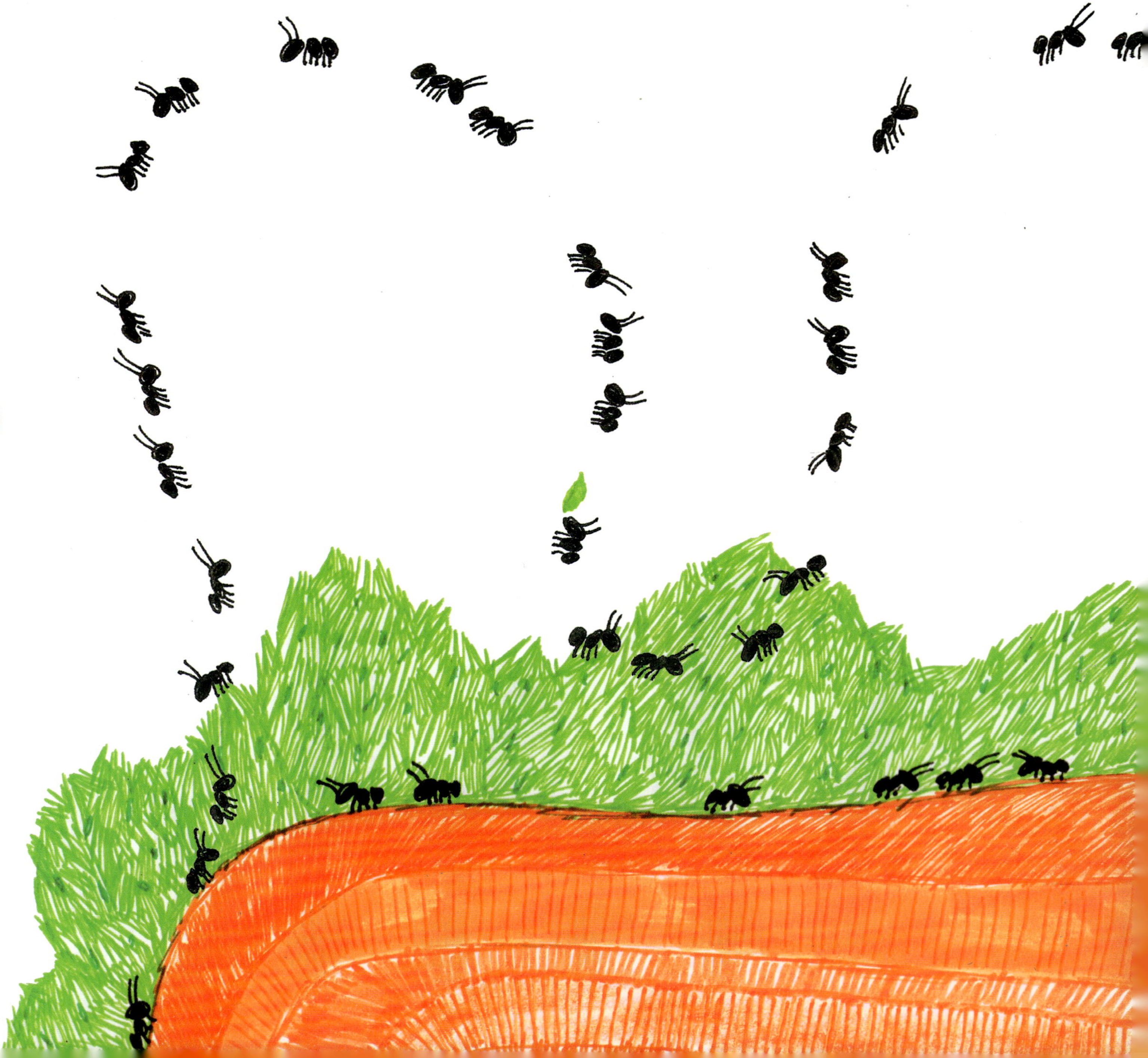

QUERO SER UMA FORMIGA

QUERO SER UMA FORMIGA
E VIVER NUM FORMIGUEIRO,
MUNDO ESTREITO E ESCURO
TER MIL FORMIGAS AMIGAS.

23

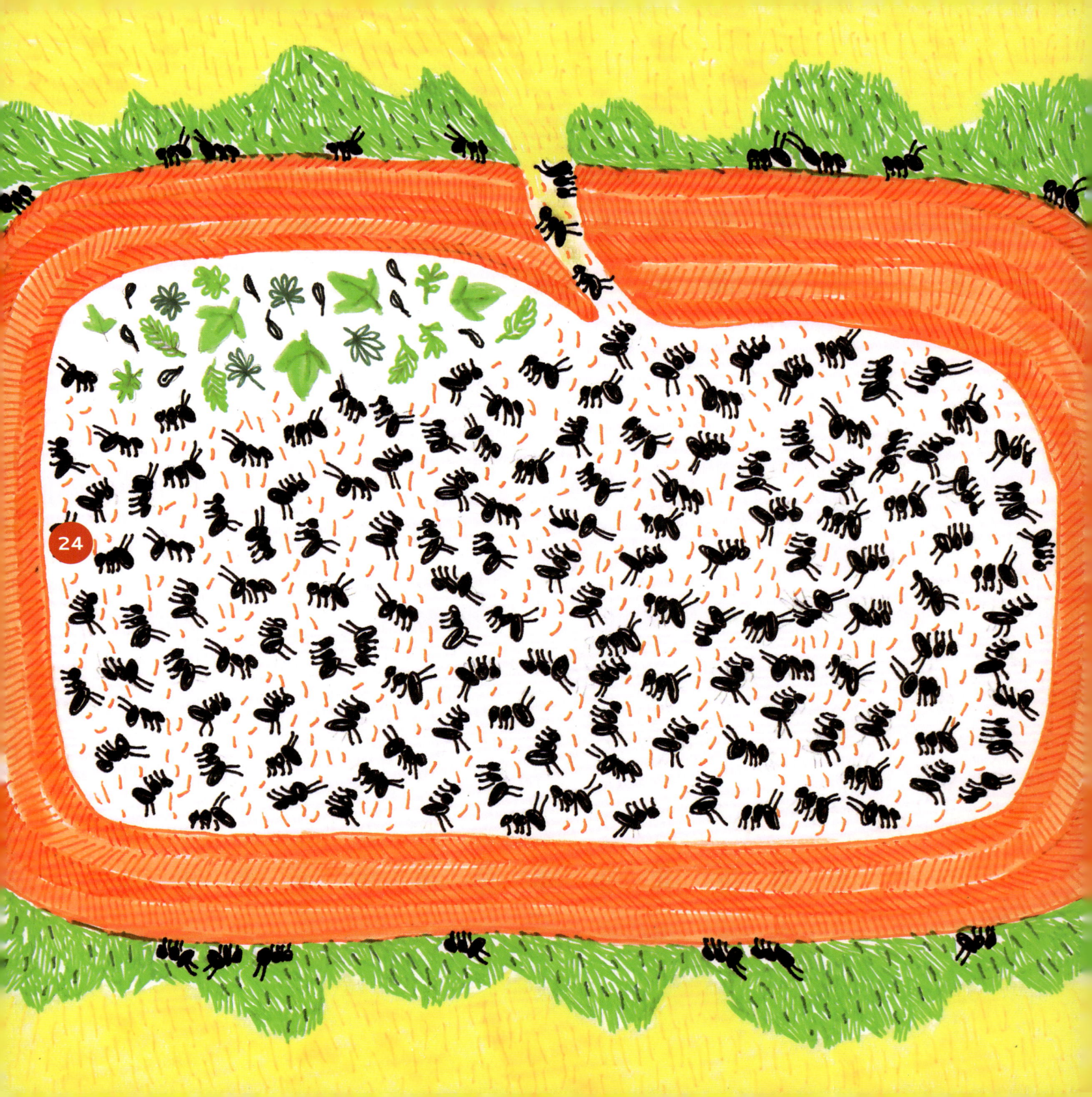

SEREI FORTE E SEM LOMBRIGA
PARA QUANDO O VERÃO CHEGAR,
ENCHER O BURACO DE COMIDA
PARA O INVERNO PASSAR.

QUERO SER UMA FORMIGA
PARA QUANDO A CHUVA CAIR,
SAIR NUMA FOLHA A NAVEGAR
A RIR-ME DUM PAPA-FORMIGAS.

QUERO SER UMA FORMIGA
E COM AS MINHAS PERNINHAS,
TREPAR AO ALTO DAS ESPIGAS
E VER AS COISAS PEQUENININHAS.

BARCO NO MAR E AVIÃO NO AR!

BARCO À VELA E O VENTO A SOPRAR
BARCO E REMOS NA MARÉ A NAVEGAR
BARCO VAZIO QUE COM PEIXE VAI TORNAR
PEIXE QUE NA REDE DO PESCADOR FOR PARAR.

BARCO NO MAR E AVIÃO NO AR!

AVIÃO NAS ONDAS DO AR A LUTAR
AVIÃO COM ASAS DE FERRO A VOAR
AVIÃO CHEIO DE GENTE A VIAJAR
E O MEU SONHO AO ALTO VAI LEVAR.

BARCO NO MAR E AVIÃO NO AR!

A ILHA É UM MUNDO

A ILHA É UM MUNDO,
UMA BOLHA DE TERRA
SENTADA NA ÁGUA QUE MOLHA.

UMA BOLHA DE AREIA EM PILHA.
A ILHA QUE BRILHA
A ÁGUA QUE MOLHA.

SOBRE O MAR COMO FOLHA
A BOLHA QUE É ILHA
O VENTO EMBRULHA.

A BOLHA QUE BORBULHA
A ÁGUA EMPILHA E MOLHA
A FOLHA QUE BRILHA,
A ILHA.

PARQUE

QUEM ME LEVA AO PARQUE?
PARA VER OS PALHAÇOS A BRINCAR
COM SORRISOS RASGADOS
DE ORELHA A ORELHA ESPALHADOS...

QUEM ME LEVA AO PARQUE?
AOS BALOUÇOS A VOAR
AOS CARRINHOS DE CHOQUE
PARA EU OS PODER GUIAR...

TOCAR AS NUVENS
NA RODA GIGANTE A GIRAR...
E ENQUANTO A MÚSICA DURAR
PIPOCAS PARA EU SABOREAR!

QUEM ME LEVA AO PARQUE
PARA EU PODER BRINCAR?

O BAILARINO DA MAFALALA

O BAILARINO DA MAFALALA
NÃO VESTE COLLANTS NEM DANÇA BALÉ,
NÃO FAZ PIRUETAS
NA PONTA DO PÉ!

O BAILARINO DA MAFALALA
VESTE UMA CALÇA DE CAPULANA
E DANÇA MARRABENTA,
É UM POUCO GORDINHO
E NA DANÇA ARREBENTA!

PÕE UMA MÃO NA CABEÇA,
OUTRA NA CINTURA
PÕE UM SORRISO NO ROSTO
E FAZ BOA FIGURA.
DOIS PASSOS PARA A ESQUERDA
E DOIS PARA A DIREITA
E SEM PERDER FÔLEGO,
BAILA SEM PARAR.

O BAILARINO DA MAFALALA
É APENAS UM RAPAZINHO,
MAS VAI DANÇAR MARRABENTA
ATÉ FICAR VELHINHO.

33

GLOSSÁRIO

CAPULANA:
TECIDO MOÇAMBICANO, BASTANTE COLORIDO, USADO COMO VESTIMENTA, ENFEITE E DECORAÇÃO.

COMBOIO:
TREM; CONJUNTO DE VEÍCULOS LIGADOS ENTRE SI.

MAFALALA:
BAIRRO DE MAPUTO, CAPITAL DE MOÇAMBIQUE.

MAKONDE:
POVO QUE HABITA O NORTE DE MOÇAMBIQUE E O SUL DA TANZÂNIA.

MARRABENTA:
DANÇA DO SUL DE MOÇAMBIQUE.

TARTE:
TORTA.

O AUTOR

PEDRO PEREIRA LOPES, nascido na Zambézia, em Moçambique, é contador de histórias, professor, pesquisador e autor de vários livros, dedicados principalmente às crianças. Seus textos são bons e belos, respeitando o universo infantil. É também editor de alguns blogs como *Cadernos de Haidian* e *Entre Aspas Escritor*.

OBRAS

Setenta vezes sete e outros contos (não publicado, 2009)
3º Lugar no Concurso de Ficção Narrativa João Dias

O homem dos 7 cabelos (infantojuvenil, 2012)
Prémio Lusofonia — Município de Trofa, 2010

Kanova e o segredo da caveira (infantojuvenil, 2013)

Viagem pelo mundo num grão de pólen e outros poemas (infantojuvenil, 2014)

A ILUSTRADORA

FILIPA PONTES nasceu no Alentejo, em Portugal. Desde pequena tem gosto pela arte. Quando criança, junto com sua irmã gêmea, dava vida a histórias em qualquer tipo de papel que encontrasse. É formada em Design Gráfico, pós-graduada em Ilustração Criativa e faz Doutorado em Desenho. Trabalhou em instituições culturais em Portugal, Espanha e Moçambique, país onde viveu por três anos, dando cursos de ilustração e desenho para crianças e adultos. Atualmente vive em Portugal. Seu trabalho criativo pode ser visto em www.filipapontes.blogspot.pt

apoio
Escola Portuguesa de Moçambique – Centro de Ensino e Língua Portuguesa (EPM–CELP)
Maputo, Moçambique

fontes
Aller (Dalton Maag Ltd) e Cantarell (Abattis)
papel
Couche Brilho 150g/m²
impressão
Printcrom Gráfica e Editora Ltda.